Stop, Léa!

Danielle Simard

Illustrations : Loufane

Directrice de collection : Denise Gaouette

MINI
Rat de bibliothèque

D1413801

Éditrice
Johanne Tremblay

Réviseure linguistique
Claire St-Onge

Directrice artistique
Hélène Cousineau

Couverture
Isabel Lafleur

**Conception graphique
et édition électronique**
Isabel Lafleur

Dépôt légal – Bibliothèque et Archives nationales du Québec, 2009
Dépôt légal – Bibliothèque et Archives Canada, 2009

Imprimé au Canada   1234567890 EMP 09
                              11501 ABCD PSM16

Catalogage avant publication de Bibliothèque et Archives
nationales du Québec et Bibliothèque et Archives Canada

Simard, Danielle
    Stop, Léa !
    (MINI Rat de bibliothèque ; 13)
    Pour enfants de 4 à 6 ans.

    ISBN 978-2-7613-2390-1

    I. Loufane. II. Titre.
    III. Collection : MINI Rat de bibliothèque (Saint-Laurent, Québec).

PS8587.I287S76 2009   jC843'.54   C2008-941217-6
PS9587.I287S76 2009

Léa arrive à l'école.

Léa enlève ses <u>mitaines</u>.

Léa enlève son écharpe.

Léa enlève ses <u>bottes</u>.

Léa enlève son habit de neige.

Léa enlève sa <u>tuque</u>.

Léa enlève sa <u>jupe</u>.

Léa enlève ses <u>bas</u>.

Léa enlève sa blouse.

Stop, Léa!

Léa remet sa <u>blouse</u>.

Léa remet ses <u>bas</u>.

Léa remet sa <u>jupe</u>.

Léa remet sa <u>tuque</u>.
Stop, Léa !